Mes petites énigmes

De la 6e à la 5e

ESCAPE GAME

MYSTÉRIEUSE ODYSSÉE

Charlotte LEROY-JOUENNE
Professeur de français,
créatrice d'Escape Games

hachette
ÉDUCATION

Plonge au cœur d'une histoire palpitante, intrigante et pleine de rebondissements, et voyage dans la mythologie !

Échappe-toi de ce périple qui semble ne jamais finir !
Résous les énigmes une à une et collecte tous les chiffres mystère qui te permettront de t'en sortir et de percer le secret de cette histoire.
Prêt(e) à relever le défi ?

Ouvre l'œil et ne laisse passer aucun indice !

Bienvenue dans le jeu !

Conception et réalisation de la couverture : Stéphanie Benoît
Conception graphique : Florence Le Maux et Loïc Audrain
Illustrations (couverture et intérieur) : Dominique Fages
Mise en page : Médiamax
Édition : Emmanuel Meier

Crédits © Shutterstock :
Escape Games 1 à 5 : titres et bandeaux ; all_is_magic ; Animalvector; iconohek ; Inspiring ; JoeBakal ; Kozyreva Elena ; Leremy ; Marnikus ; monstockid ; NotionPic ; PaNaS ; RedKoala ; T VECTOR ICONS ; wild wind.

I.S.B.N. : 978-2-01-714792-3

www.parascolaire.hachette-education.com

Achevé d´imprimer en mars 2021 en Espagne par Grafo - Dépôt légal : Avril 2021 - Édition 02 - 21/7113/1

SOMMAIRE

MYSTÉRIEUSE ODYSSÉE

Tu lis tranquillement dans le salon de ton oncle, un ancien explorateur, quand son petit singe entre soudainement par la fenêtre ouverte ! Il saute sur les étagères de la bibliothèque et fait tomber un livre. Tu te baisses pour le ramasser quand un nuage de poussière se forme autour de toi. Tu fermes les yeux : quand tu les ouvres, tu ne peux t'empêcher de pousser un cri de surprise…

ESCAPE GAME 1

Messager des dieux

ÉNIGME 1

Quand le nuage de poussière se dissipe, tu ne reconnais plus les lieux… Devant toi se dresse une grande grille avec une inscription sur son fronton.

Déchiffre l'inscription sur la grille.

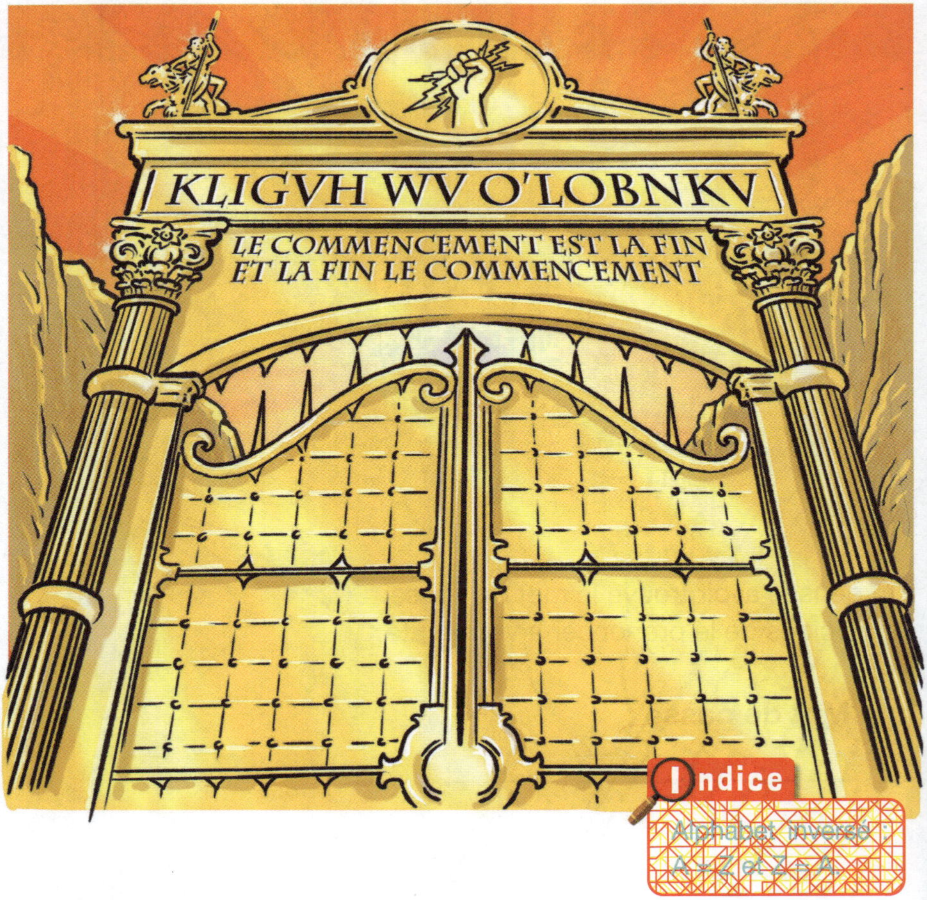

Indice

Alphabet inversé :
A = Z et Z = A

Inscription déchiffrée :

portes de L'olympe

Derrière toi : le vide ! Il faut que tu te mettes en sécurité. Tu essaies d'ouvrir la grille. Immédiatement, une voix tonne : « Mot de passe ? ».

Trouve le mot de passe.

Tu penses avoir trouvé le mot de passe et décides de le prononcer à voix haute.

Indice

L'inscription sur le rocher contient une information CAPITALE !

Mot de passe : JUPITER

Le nombre de lettres du mot de passe est le chiffre mystère n° 1.

Mon chiffre mystère n° 1

7

ÉNIGME 2

Une fois le mot de passe prononcé, la grille s'ouvre sur un palais grandiose. Tu fais quelques pas quand soudain un mystérieux personnage apparaît : l'air malicieux, il te tend un rouleau…

Découvre le nom du mystérieux personnage.

Indice

Le texte est écrit à l'envers !

Nom du personnage : Mercure

Incroyable : tu as le légendaire messager des dieux romains en face de toi ! Va-t-il t'aider à comprendre ce qu'il t'arrive ? Tu le presses de questions. Pour toute réponse, tu reçois un second message…

Décode le message.

Indice
I rouge = a !

Message décodé :

je jouin nous dans la sal de reunion

La somme des deux premiers chiffres romains du tableau est le chiffre mystère n° 2.

Mon chiffre mystère n° 2

…6…

ÉNIGME 3

Le temps que tu décodes son message, le dieu a déjà disparu : envolé ! N'ayant pas d'autre choix, tu décides de le rejoindre et franchis les quelques mètres qui te séparent du palais.

Découvre la mise en garde sur les plaques.

Indice

Le tracé de la plaque du dessous est la clé !

Mise en garde :

Impossible de passer par cette porte... En regardant autour de toi, tu aperçois, un peu plus loin, une autre entrée, plus petite, derrière d'imposantes statues. Tu t'approches pour la regarder de plus près.

Décrypte l'inscription sur le fronton.

Indice
Miroir, mon beau miroir !

Inscription décryptée :

entrée secondaire

Mon chiffre mystère n° 3

5

La position dans l'alphabet de la première lettre de l'inscription est le chiffre mystère n° 3.

ÉNIGME 4

Te voilà désormais à l'intérieur du palais, dans une pièce aux épais murs de pierre. Tu ne vois aucune autre porte que celle par laquelle tu viens d'arriver. Sur le sol, une tablette de bois attire ton attention.

Perce le secret du texte inscrit sur la tablette.

Indice

Lis chaque ligne en partant du dernier mot !

Plus de doute : tu es bien en plein cœur des aventures mythologiques du livre de ton oncle ! En examinant la tablette de plus près, tu remarques d'étranges calculs gravés au dos.

Découvre le message caché au dos de la tablette.

Indice
Transforme les résultats en mots !

Message caché : presse la pierre noire

Le chiffre des centaines de l'unique somme est le chiffre mystère n° 4.

Mon chiffre mystère n° 4

8

ÉNIGME 5

Quand tu appuies sur la pierre indiquée, le mur pivote ! Derrière, dans une immense salle, 12 divinités olympiennes t'attendent pour une première épreuve…

Découvre par quel mot latin saluer l'assemblée des dieux et déesses.

1. Dieu romain de la guerre.
2. Déesse romaine de la chasse.
3. Dieu romain des enfers.
4. Déesse romaine de l'amour et de la beauté.
5. Dieu romain de la foudre et roi des dieux.

Indice

Retrouve les noms des dieux dans un livre ou sur Internet !

Mot latin : Salve

Tu salues l'assemblée : épreuve réussie ! Jupiter prend la parole : « J'accepte que Mercure te raccompagne chez toi mais tu devras d'abord prouver ta bravoure… » Pour être sûr de ta sagesse, il demande à Minerve de te mettre à l'épreuve.

Résous l'énigme pour convaincre Jupiter de ta sagesse.

Réponse :

ENAID = 21978

DIANE = 87912

Le chiffre des dizaines du mot DIANE décodé est le chiffre mystère n° 5.

Mon chiffre mystère n° 5

1

DÉCOUVRE LE MOT SECRET

Après quelques minutes de réflexion, tu réussis l'épreuve haut la main : l'assemblée divine t'applaudit ! Jupiter donne alors à Mercure l'ordre de te mener vers ta première mission.

Reporte dans ce tableau tous les chiffres mystère.

Chiffre mystère de l'énigme...				
1	2	3	4	5
7	6	5	8	1

Entoure, pour chaque énigme, la lettre correspondant au chiffre mystère.

Chiffre mystère	1	2	3	4	5	6	7	8	9
Énigme 1	U	K	A	R	T	T	E	H	B
Énigme 2	D	W	Z	C	S	L	O	L	M
Énigme 3	N	R	T	Y	E	G	E	Q	P
Énigme 4	K	V	I	F	J	L	D	D	R
Énigme 5	E	A	T	S	E	X	H	Y	O

Écris dans l'ordre les lettres que tu as entourées et découvre le premier secret.

Secret de l'Escape Game 1

elede

Mercure se dirige vers un grand escalier : il s'engage dans la descente. Tu le suis avec précaution : tu n'oses imaginer ce qui t'attend en bas…

ESCAPE GAME 2

Descente aux enfers

ÉNIGME 6

Vous descendez jusqu'à une grande grille. Mercure t'indique que des parchemins t'attendent de l'autre côté sous une grosse pierre, puis il disparaît…

Débloque le mécanisme pour ouvrir la grille.

Indice

Somme de chaque ligne, colonne et diagonale = 15

La grille s'ouvre et tu avances avec précaution de l'autre côté. Après quelques minutes à fouiller sous les pierres, tu trouves les parchemins mentionnés par Mercure : tu déplies le premier.

Décrypte le message de Mercure.

Indice
A = 1 et Z = 26 !

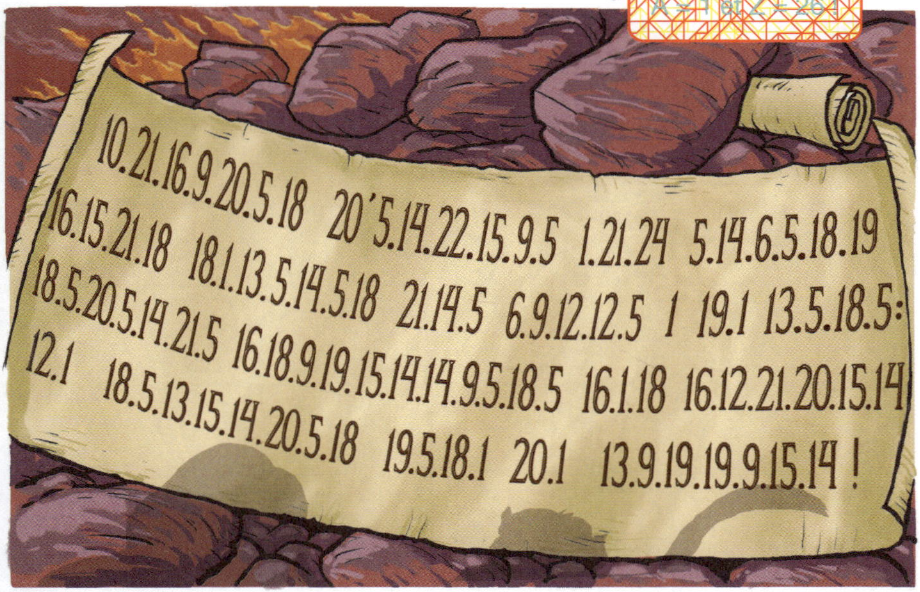

Message de Mercure :

____

____

____

____

Le nombre de lettres du nom du dieu cité dans le message est le chiffre mystère n° 6.

Mon chiffre mystère n° 6

6

ÉNIGME 7

Tu connais désormais le but de ta mission. Malgré tes craintes, tu décides de relever le défi. Mais par où commencer ? Où aller ? Le second parchemin te donnera sûrement de nouvelles indications.

Décode le message chiffré.

Message décodé :

trouve de passeur

du fleuve

Indice

Multiplier est la solution !

Tu avances vers le fleuve. Mais, près de la rive, tu ne vois aucun passeur ! Ton regard s'arrête alors sur un curieux texte gravé sur une borne…

Trouve le nombre à crier qui fera venir les passeurs.

Indice

Des chiffres sont cachés dans le texte.

Nombre à crier : 183

Le chiffre des centaines du nombre à crier est le chiffre mystère n° 7.

Mon chiffre mystère n° 7

1

ÉNIGME 8

Tu t'empresses de crier le nombre que tu as découvert. Cinq barques sortent alors du brouillard et s'avancent vers la rive. Tu sais qu'il te faut trouver le bon passeur pour t'éviter une fin tragique…

Identifie le bon passeur.

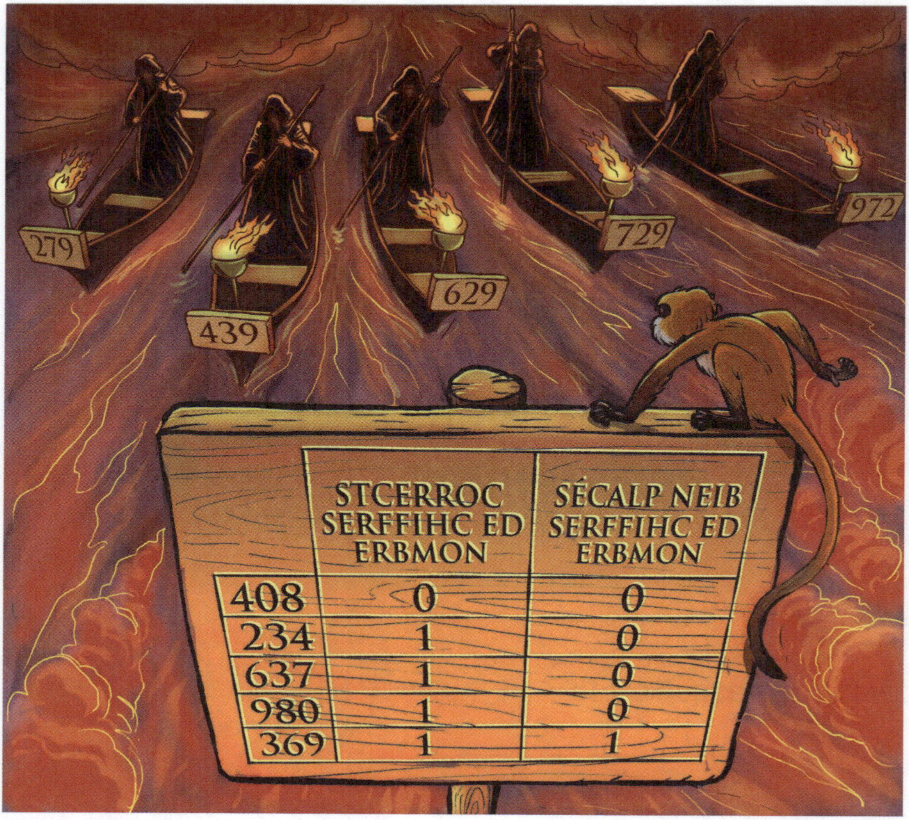

Indice

Les mots du tableau sont écrits à l'envers !

Réponse :

Le bon passeur est dans la barque portant le numéro : 729.

Tu t'avances vers la barque qui porte le bon numéro : les autres disparaissent aussitôt ! Tu t'apprêtes à monter mais le passeur te dit qu'il ne t'acceptera à bord que si tu trouves son nom…

Trouve le nom du passeur.

Nom du passeur : Charon

Indice
C'est un acrostiche !

Le chiffre des dizaines du numéro de la barque du bon passeur est le chiffre mystère n° 8.

Mon chiffre mystère n° 8

2

ÉNIGME 9

Dès que tu prononces son nom, le passeur t'accepte à bord et te conduit vers l'autre rive. Un animal effrayant monte la garde… Comment passer ? Mercure t'a-t-il laissé une piste ?

Découvre le conseil de Mercure.

Indice
Barre les noms et lis les lettres restantes dans l'ordre.

Conseil de Mercure :

____

Charon te tend l'objet indiqué par Mercure : tu le lances à la bête qui se jette dessus et s'apaise aussitôt. Tu es devant l'entrée de la grotte qui mène aux enfers : tu tentes de déchiffrer les indications sur le sol.

Découvre la prochaine étape de ta mission.

Message déchiffré :

Trouve proserpine et délivre la

Indice

La moitié du nombre de lettres du prénom dans le message caché est le chiffre mystère n° 9.

Mon chiffre mystère n° 9

5

ÉNIGME 10

Maintenant tu sais enfin qui tu dois délivrer ! Tu t'enfonces dans les entrailles de la Terre. Au bout d'un long tunnel souterrain, il y a trois portes : comment savoir laquelle ouvrir ?

Trouve quelle porte ouvrir.

Réponse :

Tu dois ouvrir la porte n° : 2 .

Indice

Attention à l'ordre des charades !

Tu ouvres prudemment la porte : derrière, tu découvres une magnifique jeune femme retenue prisonnière par des chaînes. Tu t'approches du cadenas à ses pieds.

Trouve le code du cadenas pour délivrer Proserpine.

Indice
La consigne est écrite à l'envers.

Code du cadenas :
6 3 1 3

Le chiffre des unités du code du cadenas est le chiffre mystère n° 10.

Mon chiffre mystère n° 10
3

DÉCOUVRE LE MOT SECRET

Tu viens à peine de délivrer Proserpine que Pluton, le dieu des enfers, apparaît et se dirige vers vous, menaçant… Tu te dis que tout est fini… Mercure surgit alors de nulle part et vous embarque sur son cheval ailé !

Reporte dans ce tableau tous les chiffres mystère.

Chiffre mystère de l'énigme…				
6	7	8	9	10
6	1	2	5	3

Entoure, pour chaque énigme, la lettre correspondant au chiffre mystère.

Chiffre mystère	1	2	3	4	5	6	7	8	9
Énigme 6	F	Z	Q	A	N	E	E	S	K
Énigme 7	R	J	P	G	X	T	A	D	U
Énigme 8	V	O	R	T	L	D	S	O	I
Énigme 9	C	C	W	H	M	F	N	M	A
Énigme 10	K	X	E	L	R	Y	B	U	Q

Écris dans l'ordre les lettres que tu as entourées et découvre le deuxième secret.

Secret de l'Escape Game 2

ROME

En chemin pour ramener Proserpine à sa mère Cérès, Mercure te dépose sur le lieu de ta prochaine mission : le moins qu'on puisse dire, c'est que l'endroit n'est pas très accueillant…

ESCAPE GAME 3

Monstrueuse épreuve

ÉNIGME 11

Tout autour de toi, le décor semble hostile : tu sens tes pieds s'enfoncer dans une boue épaisse et collante… Un peu plus loin, tu aperçois une petite pancarte : tu t'approches pour la lire.

Décrypte la pancarte pour découvrir où tu te trouves.

Indice

À l'envers !

Pancarte décryptée :

Marais maudite de terre

Le nom de ce lieu n'augure vraiment rien de bon... Tu explores les environs du regard quand tu t'arrêtes sur une étrange inscription sur un tronc. Tu t'avances pour la regarder de plus près.

Déchiffre l'inscription.

Indice
C'est un rébus !

Inscription déchiffrée :

Aidé un hérosa faire disparé tr'oeuf bé t'oeuf

Le nombre de lettres du dernier mot de l'inscription déchiffrée est le chiffre mystère n° 11.

Mon chiffre mystère n° 11

7

ÉNIGME 12

Alors que tu réfléchis à cette nouvelle mission, tu remarques une flèche gravée au pied du tronc. Tu te baisses et découvres un petit coffre, caché entre les racines de l'arbre. Une série de nombres t'intrigue...

Trouve le code qui ouvre le coffre.

Indice

Une multiplication est la solution !

Code du coffre : 1 8 7 5

Tu rentres le code et le cadenas s'ouvre aussitôt : bien joué !
À l'intérieur, tu découvres deux silex enveloppés dans un morceau de tissu décoré d'étranges symboles…

Décode le message inscrit sur le tissu.

Indice
Regarde bien au fond du coffre !

Message décodé :

d'une étincelle naitra l'arme parfaite

Le chiffre caché dans le message décodé est le chiffre mystère n° 12.

Mon chiffre mystère n° 12

1

ÉNIGME 13

D'abord une bête, maintenant une arme ? Tu n'as pas le temps de réfléchir : un jeune garçon s'avance et te demande de l'aide ! Au même moment, des lettres apparaissent dans la brume...

Déchiffre le message dans la brume.

Message déchiffré : Hercul Du neveu Le aide

C'était un signe de Mercure : tu dois aider ce garçon ! Iolaos, c'est son nom, te demande ton assistance pour décrypter un texte que lui a remis la déesse Minerve.

Décrypte le texte de Minerve.

A	B	C	D	E	F	G	H	I	J	K	L	M
2		6		7	3						1	
N	**O**	**P**	**Q**	**R**	**S**	**T**	**U**	**V**	**W**	**X**	**Y**	**Z**
	4			5	6							

Indice

« DÉESSE » signifie que D = S !

Le nombre de verbes dans le texte décrypté est le chiffre mystère n° 13.

Mon chiffre mystère n° 13

.....2.....

ÉNIGME 14

Tu demandes à Iolaos s'il sait quelle bête vit ici. Il pâlit et te dit qu'il ne veut pas prononcer son nom de peur qu'elle ne l'entende et surgisse ! Pour te répondre, il trace donc de mystérieuses inscriptions sur le sol...

Trouve le nom de la bête.

Indice
Le dessin t'indique l'ordre décroissant !

Nom de la bête : 100,25

Pourquoi cette bête est-elle si terrible ? Iolaos t'apprend que son oncle Hercule doit la vaincre mais qu'on la dit immortelle ! Il cherche donc un moyen de l'aider. Minerve lui a d'ailleurs donné un indice mais il ne le comprend pas...

Découvre l'indice de Minerve.

Indice

Indice de Minerve :

ALLUME-MOI

Le dernier chiffre romain gravé sur le bâton est le chiffre mystère n° 14.

Mon chiffre mystère n° 14

9

ÉNIGME 15

Tout s'éclaire ! Tu expliques à Iolaos que la bête doit craindre le feu. Il saute de joie et te dit qu'il faut partir sur le champ secourir son oncle ! Pour qu'il puisse le retrouver, Minerve lui a donné une carte : il faut faire vite !

Trouve le chemin à prendre pour retrouver Hercule.

Vous arrivez à destination : le grand héros semble épuisé... Tu tends les silex à Iolaos : il les frotte et réussit à enflammer le bâton. Mais que faire de cette torche ? Tu découvres alors une inscription au dos d'un des silex...

Découvre le message caché.

Message caché :

bruler chaque cou~~ve~~ une fois sa tête tranchée

Le nombre de lettres du premier mot du message caché est le chiffre mystère n° 5.

Mon chiffre mystère n° 15

6

DÉCOUVRE LE MOT SECRET

Iolaos fonce au secours de son oncle et brûle le cou de chaque tête tranchée par Hercule : victoire ! Le héros coupe enfin la dernière tête et l'enterre, puis recouvre le trou d'une énorme pierre : quelle force légendaire !

Reporte dans ce tableau tous les chiffres mystère.

Chiffre mystère de l'énigme...				
11	12	13	14	15
7	1	2	9	6

Entoure, pour chaque énigme, la lettre correspondant au chiffre mystère.

Chiffre mystère	1	2	3	4	5	6	7	8	9
Énigme 11	H	Y	N	U	J	I	T	O	L
Énigme 12	U	K	M	A	Q	W	Z	X	S
Énigme 13	E	A	P	D	C	R	F	V	T
Énigme 14	S	O	X	P	L	B	A	H	S
Énigme 15	V	I	W	M	E	P	J	D	Z

Écris dans l'ordre les lettres que tu as entourées et découvre le troisième secret.

Secret de l'Escape Game 3

TUASP

Hercule et Iolaos te remercient de ton aide, puis le héros part accomplir le reste de ses travaux. Tu te demandes si tu dois le suivre quand Mercure surgit et t'emporte sur le dos de Pégase vers ta prochaine mission.

ESCAPE GAME 4

Destin royal

ÉNIGME 16

Autour de toi, c'est la panique : des soldats crient, des femmes et des enfants courent dans tous les sens… Au bout de quelques minutes, tu aperçois une inscription sur un mur.

Déchiffre l'inscription.

Inscription déchiffrée :

bien venu dans la
ville de 3

Indice

Les lettres des mots ne sont pas dans le bon ordre !

Te voilà au cœur de la célèbre cité antique prise par les Grecs !
Tu t'interroges sur ta mission quand Mercure apparaît au loin : il semble écrire sur le sol ! Le temps que tu le rejoignes, il a déjà disparu…

Décode le message de Mercure.

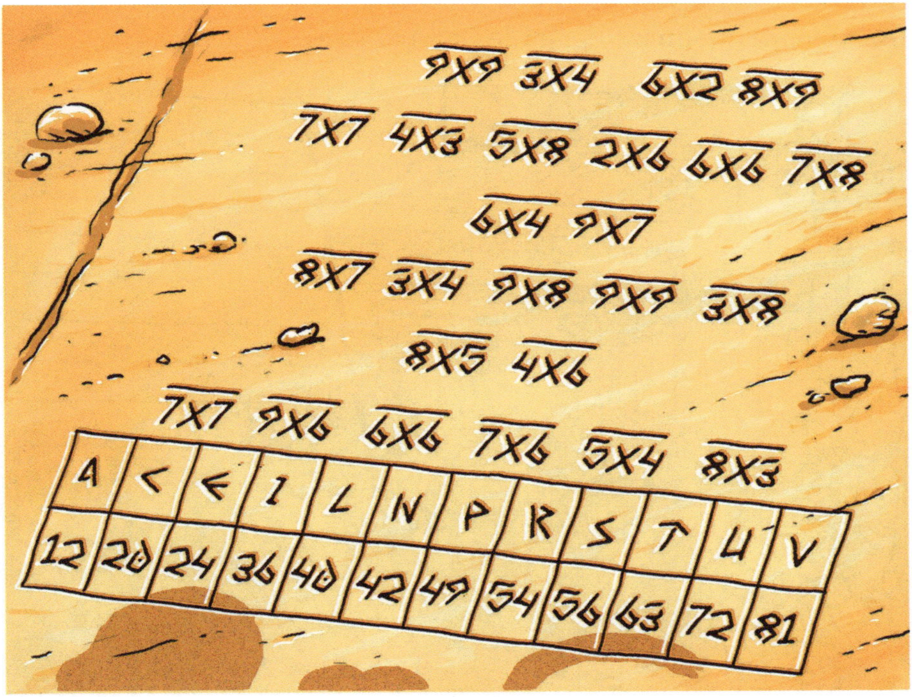

Message décodé :

Va au palais et
sauve le prince

Indice
Connais-tu les tables de multiplication ?

Le tiers de la valeur de la lettre A du code de Mercure est le chiffre mystère n° 16.

Mon chiffre mystère n° 16
4

ÉNIGME 17

Voilà donc ta mission ! Reste à trouver le lieu indiqué par le dieu… Au croisement de deux rues, tu découvres des panneaux : pourront-ils t'indiquer le bon chemin ?

Trouve le panneau indiquant le bon chemin.

Indice

Ce sont des rébus !

Panneau indiquant le bon chemin :

Panneau du haut ☐

Panneau du bas ☐

Panneau du milieu ☒

Tu te mets en route vers ta destination et ne tardes pas à apercevoir au loin l'imposant édifice. Sur place, un soldat troyen t'en barre l'accès : pour entrer, il te faut répondre à son énigme...

Résous l'énigme pour pouvoir entrer.

Solution de l'énigme :

231,62

Indice

Un nombre décimal est un nombre avec une virgule !

Le chiffre des dixièmes de la solution de l'énigme est le chiffre mystère n° 17.

Mon chiffre mystère n° 17

6

ÉNIGME 18

Bravo : le garde te laisse entrer ! À l'intérieur, c'est le chaos et personne ne te remarque. Une immense statue attire ton regard : il y a une étrange plaque de marbre gravée sur son socle.

Déchiffre la plaque.

Indice

Trouve le bon chemin !

Plaque déchiffrée :

____

____

Tu connais enfin le nom de celui que tu dois sauver. Où le trouver ? Il y a trois couloirs devant toi : tu hésites… Soudain, la voix de Mercure résonne : « J'ai caché un indice dans cette étrange mosaïque. »

Trouve l'indice caché dans la mosaïque pour découvrir quel couloir emprunter.

Indice

Un nombre est divisible par 3 quand la somme de ses chiffres est égale à 3, 6 ou 9 !

Tu dois emprunter le couloir n° : 3

Le chiffre des dizaines du plus grand nombre de la mosaïque est le chiffre mystère n° 18.

Mon chiffre mystère n° 18

2

ÉNIGME 19

Tu t'engages dans le couloir indiqué par la mosaïque. Tu entends alors des cris et des coups de l'autre côté d'une porte ! Ce sont des appels à l'aide : les occupants de la pièce sont enfermés !

Trouve sur quelle corde tirer pour ouvrir la porte.

Indice

Suis bien le tracé des cordes !

Corde n° : 4

La porte s'ouvre : un homme richement vêtu se précipite vers toi. Il se présente : « Énée, fils du roi de Troie ! » Tu lui expliques que Mercure t'envoie le sauver. Il te montre alors un étrange présage apparu la veille…

Déchiffre le présage.

Présage déchiffré :

enee/rassemble/ton père et fils et/
quitte/troie/un mont/vous/
mon/ne na/la/voie/venus

Le nombre de consonnes dans le prénom du prince troyen est le chiffre mystère n° 19.

Mon chiffre mystère n° 19

4

ÉNIGME 20

Énée appelle son père et son fils. Le petit Ascagne te tend alors un vase qu'un dieu au casque ailé lui a dit de remettre à leur guide : tu en sors un parchemin…

Découvre le message caché sur le parchemin.

Indice

À chaque lettre sa couleur !

Message caché :

Heureusement, le roi Anchise possède les clés pour y accéder !
Vous le suivez et arrivez rapidement au lieu indiqué :
mais un véritable labyrinthe s'ouvre devant vos yeux…

Trouve le chemin pour quitter la ville.

Indice

Vénus vous attend !

Le numéro du bon chemin est le chiffre mystère n° 20.

Mon chiffre mystère n° 20

3

DÉCOUVRE LE MOT SECRET

Grâce à toi, vous parvenez à quitter la ville en flammes en passant par les souterrains ! Vous avancez jusqu'au rivage : un bateau préparé par Vénus attend tes trois compagnons.

Reporte dans ce tableau tous les chiffres mystère.

Chiffre mystère de l'énigme...				
16	17	18	19	20
4	6	2	1	3

Entoure, pour chaque énigme, la lettre correspondant au chiffre mystère.

Chiffre mystère	1	2	3	4	5	6	7	8	9
Énigme 16	W	A	M	S	X	L	O	C	E
Énigme 17	V	R	P	K	I	T	B	T	J
Énigme 18	U	I	N	Q	Z	S	D	G	A
Énigme 19	N	X	Y	F	H	E	C	M	O
Énigme 20	L	R	D	T	N	P	F	G	V

Écris dans l'ordre les lettres que tu as entourées et découvre le quatrième secret.

Secret de l'Escape Game 4

STIND

Tu salues de la main Énée, son père et son fils qui s'éloignent en bateau vers leur destin… Puis tu aperçois Mercure qui se pose sur le rivage : tu montes sur le dos de Pégase en direction de ta dernière mission.

ESCAPE GAME 5

Protégés des dieux

ÉNIGME 21

Mercure te dépose devant un étrange bâtiment. Il te demande d'y entrer et de t'adresser à la première personne qui viendra à ta rencontre : celle-ci t'expliquera ta dernière mission.

Déchiffre le nom du bâtiment sur le fronton.

Nom du bâtiment déchiffré : Temple de vesta

Indice

Les lettres semblent être en double.

À l'intérieur, un curieux spectacle t'attend : des jeunes filles s'activent pour entretenir un grand feu. En te voyant arriver, l'une d'elles s'avance vers toi et te tend un document.

Lis le message que te tend la vestale.

Indice

À l'envers !

La somme des nombres cachés dans le message est le chiffre mystère n° 21.

Mon chiffre mystère n° 21

6

ÉNIGME 22

Tu interroges la vestale : connaît-elle le nom de la femme que tu dois retrouver ? Pour toute réponse, elle te mène dans le bâtiment près du temple jusqu'à une porte close. Un message est accroché à la porte.

Trouve le code qui ouvre la porte.

Indice

Chaque chiffre de 1 à 9 une seule fois par ligne, colonne ou carré !

Code de la porte :

Tu réussis à ouvrir la porte et entres prudemment dans la chambre : elle est vide ! Pourtant, la vestale t'assure que son occupante était encore là ce matin ! Sur un mur, il y a une inscription énigmatique.

Décrypte l'inscription murale.

Indice

Le motif de la frise est la clé de décryptage !

Inscription décryptée :

____

Le chiffre des centaines du code de la porte est le chiffre mystère n° 22.

Mon chiffre mystère n° 22

7

ÉNIGME 23

La vestale t'explique que l'oncle de la jeune femme la maintenait captive dans cette pièce depuis quelques mois. Elle n'ose pas en dire plus à voix haute mais t'écrit un étrange texte sur une tablette.

Découvre l'explication de la vestale.

Indice

Étranges coupes

Explication :

Ce sont les nouveau-nés à protéger ! Tu demandes à la vestale où son oncle a pu emmener Rhéa : peut-être au palais… Tu te souviens que Mercure t'a remis un parchemin à utiliser en cas d'urgence.

Trouve combien de fois frapper le sol.

Indice
La consigne de Mercure est écrite à l'envers !

Réponse :

Tu dois frapper le sol 5 fois.

La somme des chiffres de la colonne de la grille est le chiffre mystère n° 23.

Mon chiffre mystère n° 23

8

ÉNIGME 24

Tu frappes le sol et aussitôt Pégase, le cheval ailé de Mercure, apparaît : à ta demande, il t'emporte vers le palais et te dépose devant une petite porte à l'abri des regards. Tu frappes : on te demande le mot de passe.

Trouve le mot de passe.

Mot de passe :

____

Indice

Nombre dans chaque triangle = produit des nombres de ses sommets.

La porte s'ouvre : un serviteur t'explique à voix basse que Mercure l'a prévenu de ton arrivée. Rhéa Silvia est enfermée dans une geôle du palais : il faut agir vite ! Il te guide jusqu'à sa porte.

Trouve la clé qui ouvre la porte.

Indice

Compte dans le texte le nombre de chaque lettre présente dans le nom MARS !

Clé :

n° 2969

Le chiffre des centaines du numéro de la bonne clé est le chiffre mystère n° 24.

Mon chiffre mystère n° 24

9

ÉNIGME 25

Tu ouvres la porte : la jeune femme en pleurs t'apprend qu'elle vient de mettre au monde des jumeaux mais qu'ils vont être jetés dans le Tibre… Sous tes yeux ébahis, un message apparaît alors !

Déchiffre le message.

Indice

Déesse = D et S !

Message déchiffré :

____

____

Tu obéis et files vers le fleuve : deux soldats tiennent les jumeaux au-dessus de l'eau ! En te voyant arriver, ils arrêtent leur geste juste à temps. Un mystérieux message se forme alors sur les eaux du Tibre…

Lis le message aux gardes.

Message :

____

____

La position de la lettre E est le chiffre mystère n° 25.

Mon chiffre mystère n° 25

2

DÉCOUVRE LE MOT SECRET

Convaincus par le prodige que tu viens de leur révéler, les deux gardes installent les jumeaux dans la corbeille puis la déposent sur les eaux du Tibre : la suite de l'histoire ne dépend plus de toi…

Reporte dans ce tableau tous les chiffres mystère.

Chiffre mystère de l'énigme…				
21	22	23	24	25
6	7	8	9	2

Entoure, pour chaque énigme, la lettre correspondant au chiffre mystère.

Chiffre mystère	1	2	3	4	5	6	7	8	9
Énigme 21	M	Q	L	S	D	R	F	K	G
Énigme 22	J	W	N	A	X	B	O	C	P
Énigme 23	Z	E	T	I	R	M	D	T	U
Énigme 24	V	O	A	T	F	I	L	V	E
Énigme 25	B	G	Y	Z	R	V	U	S	C

Écris dans l'ordre les lettres que tu as entourées et découvre le cinquième secret.

Secret de l'Escape Game 5

Gouter

Mercure arrive et t'emporte sur le dos de Pégase. Depuis les airs, vous suivez du regard la corbeille protégeant les jumeaux. Au bout d'un certain temps, elle s'arrête sur une rive où une louve se désaltère…

ESCAPE GAME FINAL

Quand vous retrouvez enfin la terre ferme, la louve vient de s'installer avec les jumeaux à l'abri d'un bosquet. Tu n'en reviens pas : elle se met à les allaiter ! Mercure te sourit : aux dieux, rien d'impossible !

Que dois-tu faire désormais ? Mercure te répond que ta mission s'arrête là et que tu l'as réussie ! Tu ne comprends pas. Il te tend alors un parchemin de la part des dieux de l'Olympe…

Escape Game 1

_ _ _ _ _

Escape Game 2

_ _ _ _ _

Escape Game 3

_ _ _ _ _

Escape Game 4

_ _ _ _ _

Escape Game 5

_ _ _ _ _

Le message des dieux est :

____

C'était donc ça ! Mais comment revenir dans le présent ? Un nuage de brouillard se met alors à t'envelopper… Quand il se dissipe enfin, tu es de retour chez ton oncle ! Quelle aventure !

SOLUTIONS

ÉNIGME 1

Page 6

▶ **Inscription déchiffrée : PORTES DE L'OLYMPE** (l'alphabet est inversé).

Page 7

▶ **Mot de passe : JUPITER** (sur le rocher, les lettres à conserver sont plus grandes).

▶ **Chiffre mystère n° 1 : 7** (« Jupiter » = **7** lettres).

ÉNIGME 2

Page 8

▶ **Nom du personnage : MERCURE** (après réduction des fractions, on obtient : 13 ; 5 ; 18 ; 3 ; 21 ; 18 ; 5, soit M E R C U R E).

Page 9

▶ **Message décodé : Rejoins-moi dans la salle de réunion** (**V** = r, **I** = e, etc.).

▶ **Chiffre mystère n° 2 : 6** (I + V = VI).

ÉNIGME 3

Page 10

▶ **Mise en garde : Entrée principale strictement réservée aux dieux et déesses.**

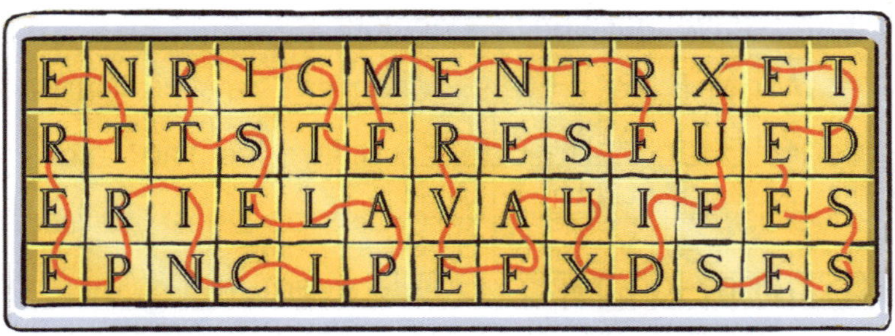

Page 11

▶ **Inscription décryptée : Entrée secondaire.**

▶ **Chiffre mystère n° 3 : 5** (e = **5**^{e} lettre de l'alphabet).

ÉNIGME 4

Page 12

▶ **Texte dans le bon ordre :**

> Bienvenue à toi, ô mortel ou mortelle,
> Que la curiosité poussa à ouvrir notre livre !
> D'autres avant toi arrivèrent en ces lieux
> Mais peu trouvèrent le chemin du retour…
> Résous toutes les énigmes et triomphe des épreuves :
> Voilà l'unique chance de regagner ta demeure !
> Signé : Mercure

Page 13

▶ **Message caché : Presse la pierre noire.**

$$\begin{array}{r} 55928 \\ \times \quad 14 \\ \hline 223712 \\ +559280 \\ \hline \mathbf{782992} \end{array} \qquad \begin{array}{r|l} 1025 & 25 \\ \cline{2-2} 25 & \mathbf{41} \end{array} \qquad \begin{array}{r} 676454 \\ +\quad 56428 \\ \hline \mathbf{732882} \end{array} \qquad \begin{array}{r} 59079 \\ -\quad 2697 \\ \hline \mathbf{56382} \end{array}$$

▶ **Chiffre mystère n° 4 : 8** (732 **8**82).

ÉNIGME 5

Page 14

▶ **Mot latin : Salve** (qui signifie « bonjour »).

1.			M	A	R	S				
2.				D	I	A	N	E		
3.					P	L	U	T	O	N
4.						V	É	N	U	S
5.	J	U	P	I	T	E	R			

Page 15

▶ **Réponse : ENAID = 21 978** et **DIANE = 87 912** (soit 4 × 21 978 = 87 912).

▶ **Chiffre mystère n° 5 : 1** (87 912).

Découvre le mot secret – Page 16

Chiffre mystère de l'énigme...				
1	2	3	4	5
7	6	5	8	1

Chiffre mystère	1	2	3	4	5	6	7	8	9
Énigme 1	U	K	A	R	T	T	(E)	H	B
Énigme 2	D	W	Z	C	S	(L)	O	L	M
Énigme 3	N	R	T	Y	(E)	G	E	Q	P
Énigme 4	K	V	I	F	J	L	D	(D)	R
Énigme 5	(E)	A	T	S	E	X	H	Y	O

▶ **Secret de l'Escape Game 1 : ELEDE.**

ÉNIGME 6

Page 18

▶ **Solution du carré magique de 15 :**

II	VII	VI
IX	V	I
IV	III	VIII

Page 19

▶ **Message de Mercure :**
Jupiter t'envoie aux enfers
Pour ramener une fille à sa mère :
Retenue prisonnière par Pluton
La remonter sera ta mission !
(1 = A, b = 2, C = 3, etc.)

▶ **Chiffre mystère n° 6 : 6** (« Pluton » = **6** lettres).

ÉNIGME 7

Page 20

▶ **Message décodé : Trouve le passeur du fleuve.**
(63 = 9 × 7 ou 63 = 7 × 9 = T, etc.)

Page 21

▶ **Nombre à crier : 183** (549 : 3).

Le nombre caché divisé par trois t'apportera la solution !
Crie le quotient bien fort : ils arriveront
Mais parmi les **cinq**, il te faudra trouver le bon,
Car **quatre** passeurs ne sont qu'illusion…
Pose ton œil **neuf** sur la situation :
Si tu te trompes, ton compte est bon…
Tu périras dans l'Achéron !

▶ **Chiffre mystère n° 7 : 1** (**1**83).

ÉNIGME 8

Page 22

▶ **Réponse :** Le bon passeur est dans la barque portant le numéro : **729**.

Page 23

▶ **Nom du passeur : Charon.**

Chargé de conduire les morts
Hors du monde des vivants :
Avancer à travers la brume
Ramer jusqu'à l'autre rive.
On n'embarque qu'avec permission
Nul ne peut monter sans mon nom !

▶ **Chiffre mystère n° 8 : 2** (barque n° 7**2**9).

ÉNIGME 9

Page 24

▶ **Conseil de Mercure : Cerbère veut un gâteau au miel.**

C	E	N	M	I	N	E	R	V	E
R	N	O	N	I	A	C	L	U	V
B	O	L	E	R	E	E	V	E	E
J	N	L	U	T	U	R	N	E	N
G	U	O	A	T	E	U	A	N	U
U	J	P	B	A	C	C	H	U	S
E	N	A	I	D	A	R	S	T	U
M	V	E	S	T	A	E	R	P	I
S	E	R	E	C	E	M	A	E	E
P	L	U	T	O	N	R	M	N	L

Page 25

▶ **Message déchiffré : Trouve Proserpine et délivre-la** (intersection du 6 horizontal et du 1 vertical = T, intersection du 5 horizontal et du 1 vertical = R, etc.).

▶ **Chiffre mystère n° 9 : 5** (« Proserpine » = 10 lettres → 10 : 2 = **5**).

ÉNIGME 10

Page 26

▶ **Réponse :** Tu dois ouvrir la porte n° : **2**.
Porte 1 : **Pluton** (plu / ton) ; porte 2 : **Proserpine** (pro / Z / air / pi / ne) ; porte 3 : **Cerbère** (cerf / bê / R).

Page 27

▶ **Code du cadenas : 6313** (pour un nombre mcdu, on a **c** = 3 × d = 3 × 1 = **3**, **m** = 2 × u = 2 × 3 = **6**, m + c + d + u = 6 + 3 + 1 + 3 = 13).

▶ **Chiffre mystère n° 10 : 3** (631**3**).

Découvre le mot secret – Page 28

Chiffre mystère de l'énigme...				
6	7	8	9	10
6	1	2	5	3

Chiffre mystère	1	2	3	4	5	6	7	8	9
Énigme 6	F	Z	Q	A	N	(E)	E	S	K
Énigme 7	(R)	J	P	G	X	T	A	D	U
Énigme 8	V	(O)	R	T	L	D	S	O	I
Énigme 9	C	C	W	H	(M)	F	N	M	A
Énigme 10	K	X	(E)	L	R	Y	B	U	Q

▶ **Secret de l'Escape Game 2 : EROME.**

ÉNIGME 11

Page 30

▶ **Pancarte décryptée : Marais maudits de Lerne.**

Page 31

▶ **Inscription déchiffrée : Aider un héros à faire disparaître la bête devient ta mission.**
(haie / dé / un / air / eau / à / fer / dix / part / haie / tr' / œufs / sept bê / T' / œufs / deux vi / un / tas / mie / scie on)

▶ **Chiffre mystère n° 11 : 7** (« mission » = **7** lettres).

ÉNIGME 12

Page 32

▶ **Code du coffre : 1875** (il faut multiplier par 5 soit 3 × 5 = 15 ; 15 × 5 = 75 ; 75 × 5 = 375 ; 375 × 5 = **1 875**).

Page 33

▶ **Message décodé : D'une étincelle naîtra l'arme parfaite.**

▶ **Chiffre mystère n° 12 : 1** (« une » = **1**).

ÉNIGME 13

Page 34

▶ **Message déchiffré : Aide le neveu du héros Hercule !**

Page 35

▶ **Texte de Minerve :**
La force contre la bête à rien ne servira
Dans ces marais seule la ruse vaincra.

▶ **Chiffre mystère n° 13 : 2** (« servira » + « vaincra » = **2** verbes).

ÉNIGME 14

Page 36

▶ **Nom de la bête : Hydre** (il faut lire les lettres dans l'ordre décroissant de leur valeur numérique, soit :
0,5 > 0,255 > 0,25 > 0,05 > 0,045).

Page 37

▶ **Indice de Minerve : Allume-moi.**

▶ **Chiffre mystère n° 14 : 9** (IX = **9**).

Page 38

Page 39

- **Message caché : Brûler chaque cou une fois sa tête tranchée.**
- **Chiffre mystère n° 15 : 6** (« brûler » = **6** lettres).

Découvre le mot secret – Page 40

Chiffre mystère de l'énigme...				
11	*12*	*13*	*14*	*15*
7	1	2	9	6

Chiffre mystère	1	2	3	4	5	6	7	8	9
Énigme 11	H	Y	N	U	J	I	(T)	O	L
Énigme 12	(U)	K	M	A	Q	W	Z	X	S
Énigme 13	E	(A)	P	D	C	R	F	V	T
Énigme 14	S	O	X	P	L	B	A	H	(S)
Énigme 15	V	I	W	M	E	(P)	J	D	Z

- **Secret de l'Escape Game 3 : TUASP.**

ÉNIGME 16

Page 42

▶ **Inscription déchiffrée : Bienvenue dans la ville de Troie** (il faut remettre les lettres dans le bon ordre).

Page 43

▶ **Message décodé : Va au palais et sauve le prince** (chaque produit correspond à une lettre : 9 × 9 = 81 → V, etc.).

▶ **Chiffre mystère n° 16 : 4** (A = 12 et 12 : 3 = **4**).

ÉNIGME 17

Page 44

▶ **Inscriptions déchiffrées :**

Panneau du haut : muraille (mur / ail). ☐

Panneau du milieu : palais (pas / lait). ☑

Panneau du bas : citerne (scie / terre / nœud). ☐

Page 45

▶ **Solution de l'énigme : 231,62** (le chiffre des centaines est 2 ; le chiffre des centièmes est le même, donc 2 ; le chiffre des dixièmes est le triple de celui des centièmes, donc 6 ; le chiffre des dizaines est la moitié de celui des dixièmes, donc 3 ; 14 – 2 – 2 – 6 – 3 = 1, donc le chiffre des unités vaut 1).

▶ **Chiffre mystère n° 17 : 6** (231,**6**2).

ÉNIGME 18

Page 46

▶ **Plaque déchiffrée :**
En l'honneur de Vénus, mère du prince Énée.

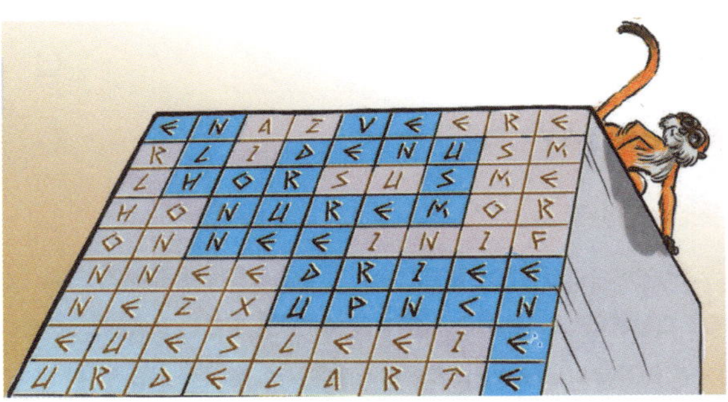

Page 47

▶ **Tu dois emprunter le couloir n° : 3.**

▶ **Chiffre mystère n° 18 : 2** (chiffre des dizaines du plus grand nombre = 5**2**3).

ÉNIGME 19

Page 48

▶ **Corde n° : 4.**

Page 49

▶ **Présage déchiffré** : **Énée, rassemble ton père et ton fils et quittez Troie. Un mortel vous montrera la voie. Vénus.**

▶ **Chiffre mystère n° 19 : 1** (« Énée » = **1** consonne).

ÉNIGME 20

Page 50

▶ **Message caché : Passer par les souterrains du palais pour quitter la ville.**

Page 51

▶ **Chiffre mystère n° 20 : 3** (chemin n° **3**).

Découvre le mot secret – Page 52

Chiffre mystère de l'énigme...

16	17	18	19	20
4	6	2	1	3

Chiffre mystère	1	2	3	4	5	6	7	8	9
Énigme 16	W	A	M	(S)	X	L	O	C	E
Énigme 17	V	R	P	K	I	(T)	B	T	J
Énigme 18	U	(I)	N	Q	Z	S	D	G	A
Énigme 19	(N)	X	Y	F	H	E	C	M	O
Énigme 20	L	R	(D)	T	N	P	F	G	V

▶ **Secret de l'Escape Game 4 : STIND.**

ÉNIGME 21

Page 54

▶ **Nom du bâtiment déchiffré : Temple de Vesta.**

Page 55

▶ **Message** : **Quatre missions déjà tu as réalisées. Devant l'ultime épreuve te voilà désormais ! La descendante d'Énée tu devras retrouver et ses deux nouveau-nés de la mort protéger…**

▶ **Chiffre mystère n° 21 : 6** (**4** (*missions*) + **2** (*nouveau-nés*) = **6**).

ÉNIGME 22

Page 56

▶ **Code de la porte : 8 7 3 1.**

Page 57

▶ **Inscription décryptée : Rhéa Silvia vécut ici cachée de tous.**

▶ **Chiffre mystère n° 22 : 7** (87**3**1).

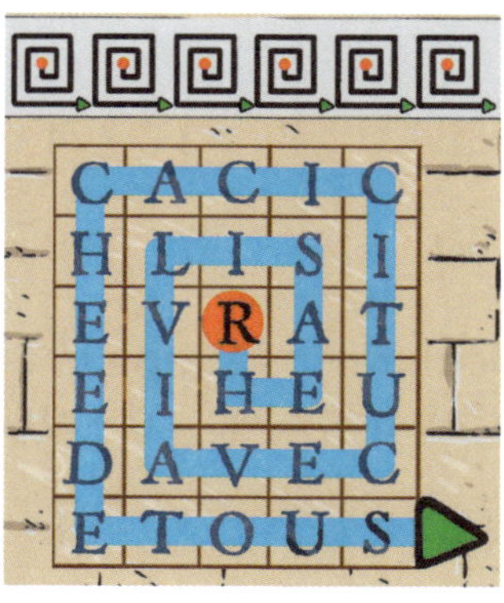

ÉNIGME 23

Page 58

▶ **Explication : Elle attendait des jumeaux, fils du dieu Mars.**

Page 59

▶ **Réponse :** Tu dois frapper le sol **5** fois.

▶ **Chiffre mystère n° 23 :**
8 (2 + 5 + 1 = 1 + 3 + 4 = **8**).

ÉNIGME 24

Page 60

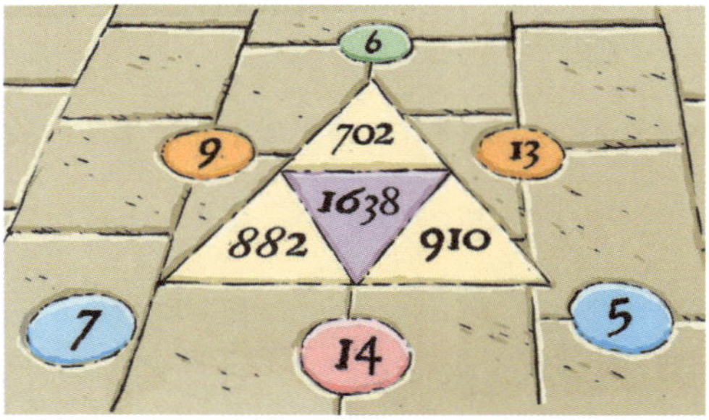

▶ **Mot de passe : 882** (702 = 6 × 13 × **9** ; 1 638 = 13 × 9 × **14** ; 910 = 13 × 14 × **5** ; **882** = 7 × 9 × 14).

Page 61

▶ **Clé n° : 2969** (dans le texte de droite, il y a : **2** × M / **9** × A / **6** × R / **9** × S, donc la geôle MARS = 2969)**.**

▶ **Chiffre mystère n° 24 : 9** (2969).

ÉNIGME 25

Page 62

▶ **Message déchiffré : Attrape la corbeille et apporte-la vite à la rive !** (on supprime les « d » et les « s » du message).

Page 63

▶ **Message : Par ordre des dieux, les bébés doivent être placés dans la corbeille.**

▶ **Chiffre mystère n° 25 : 2** (E = **II 2**).

Découvre le mot secret – Page 64

Chiffre mystère de l'énigme...				
21	22	23	24	25
6	7	8	9	2

Chiffre mystère	1	2	3	4	5	6	7	8	9
Énigme 21	M	Q	L	S	D	R	F	K	G
Énigme 22	J	W	N	A	X	B	O	C	P
Énigme 23	Z	E	T	I	R	M	D	T	U
Énigme 24	V	O	A	T	F	I	L	V	E
Énigme 25	B	G	Y	Z	R	V	U	S	C

▶ **Secret de l'Escape Game 5 : ROTEG.**

ESCAPE GAME FINAL

Page 66

Escape game 1 : ELEDE.
Escape game 2 : EROME.
Escape game 3 : TUASP.
Escape game 4 : STIND.
Escape game 5 : ROTEG.

▶ **Le message des dieux est : Tu as protégé le destin de Rome !** (il fallait lire les secrets dans l'ordre 3 – 5 – 1 – 4 – 2, ce qui donne : TUASPROTEGELEDESTINDEROME).